UNE VICTIME

DE

L'AMOUR CONJUGAL

PAR DANTIN

LYON

IMPRIMERIE NOUVELLE, RUE FERRANDIÈRE

1882

UNE VICTIME

DE L'AMOUR CONJUGAL

UNE VICTIME

DE

L'AMOUR CONJUGAL

PAR DANTIN

LYON

IMPRIMERIE NOUVELLE, RUE FERRANDIÈRE, 52

1887

[illegible]

[illegible] [illegible]

6

UNE VICTIME

DE

L'AMOUR CONJUGAL

Par DANTIN

C'est en 1881 que, par suite de circonstances inutiles à rapporter, M. Metivic fit connaissance de Mlle Trafic. Quelque temps après, les relations devinrent plus suivies, plus intimes, et subissant l'influence de la règle générale, M. Metivic manifesta à Mlle Trafic son désir de l'épouser. Celle-ci, on comprendra plus tard pourquoi, s'empressa d'acquiescer à la demande qui lui fut faite. Au bout de quelques jours, sans prendre de renseignements, s'en rapportant complètement aux apparences de son choix, M. Metivic conduisait sa future devant M. le Maire, pour quelle y devînt sa femme légitime. Il ne devait pas tarder à s'en repentir.

En effet, deux mois après, M. Metivic, simple ouvrier, avait déjà reconnu et promis de solder 1,500 francs de dettes, contractées par sa moitié avant son mariage.

Ce n'était que le commencement de ses tribulations, l'avenir lui réservait encore des déboires plus grands, plus amers.

Mlle Trafic, aujourd'hui Mme Metivic, n'avait vécu jus-

qu'à son mariage que d'escroqueries, en volant l'un et
l'autre, ou en imposant des compromis toujours acceptés,
parce que ses dupes ou ses victimes ne pouvaient mieux
faire.

Cependant l'horizon s'assombrissait, la mesure était
à son comble, lorsque se présenta la demande en mariage
aussi inopinée qu'opportune. Elle s'y accrocha comme
unique ressource et consentit à se mettre en puissance de
mari. Etait-ce bien un mari quelle voulait: non, c'était un
manteau. Elle voulait cacher son nom sous le sien pour
faire disparaître sa personne trop connue derrière celle
du brave et honnête garçon, qui, en échange du service
qu'il rendait, n'aurait demandé à trouver chez sa femme
qu'un peu de cœur et d'honnêteté.

Ces créatures perdues n'ont d'humain que la forme, et
si, au début de la vie, il y a en elles un peu de cœur, ce
milieu dans lequel elles se vautrent le leur fait bientôt
perdre.

Quand Mme Metivic se vit découverte, quand ses dettes
furent étalées au grand jour, elle voulut exposer à son mari
une théorie propre à elle, qui devait lui rapporter beaucoup
de bénéfices, et qui consistait simplement à s'arranger de
manière à ne payer aucun fournisseur, aucun créancier, elle
ajoutait même : « Si tu avais voulu ne pas te marier mais
nous associer seulement, nous aurions pu faire des affaires
et gagner de l'argent. »

Ces propos malhonnêtes révoltaient M. Metivic, dont la
vie entière avait été toute de labeur et d'honnêteté; aussi,
malgré les empêchements, malgré les menaces de sa
femme, il chercha à s'aboucher avec les susdits créanciers.
Ce fut la cause des scènes presque tragiques qui eurent
lieu plus tard. Sans fortune personnelles n'ayant que le
produit de son travail, M. Metivic ne pouvait pas donner
beaucoup à la fois à ses créanciers, mais grâce à sa bonne
volonté, grâce surtout à son honnêteté, contraste frappant

de la mauvaise réputation et des procédés déloyaux de son épouse, il arriva à les satisfaire tous.

Le premier qui se présenta fut un fournisseur auquel il était dû 500 francs. Il se trouva tout heureux, connaissant la bonne foi de son client, d'accepter 5 francs par mois d'acompte, afin que madame ne s'aperçut pas qu'on prélevait sur les recettes pour payer ses dettes.

Le second créancier était le propriétaire; sa créance était de 1,100 francs, dont 800 francs de location et 300 francs prêtés pour faire lever une saisie qui menaçait de les mettre sur la paille. Confiant dans la bonne volonté du répondant, il accepta une reconnaissance de la dette, avec la promesse de toucher de temps en temps une petite somme. Quelques marchands de vins se présentèrent; passons sur les détails de ceux-ci, ils ne viennent qu'en deuxième ordre. Enfin, le troisième créancier était un beau-frère à madame qui vient de se faire reconnaître une somme de 300 francs due depuis quatre ans. C'était la fin des dettes, mais non la fin des misères, et si Metivic était arrivé à satisfaire les créanciers à l'insu de sa femme, il n'était pas parvenu à satisfaire cette mégère. Les événements ne tardèrent pas à le lui montrer.

Ce qui occasionna la première scène, ce fut lorsque madame apprit que son mari avait découvert, reconnu et garanti ses dettes. Toujours décidée à ne pas payer, elle lui dit : « Puisque tu as reconnu mes dettes, passe le bail au nom de mon beau-frère. » Une de ses sœurs prenant fait et cause pour elle disait également à M. Metivic : « Si vous voulez avoir la paix dans votre ménage, laissez-la faire, elle veut que vous passiez le bail à notre nom, que craignez-vous ? Faites comme elle le désire, elle sera au moins tranquille. » M. Metivic, dont les affaires prospéraient, désirant avant tout avoir la paix dans son ménage et ne se doutant nullement du piège qu'on lui tendait, céda et consentit à n'être que simple locataire des meubles lui appartenant.

Infamie ! A peine le nouveau contrat était-il passé qu'on le somma de quitter les lieux, en lui disant : « Puisque vous avez reconnu les dettes, payez-les comme bon vous semblera. »

En présence de pareils procédés, M. Metivic sut rester calme, même en face de sa femme, qui lui répétait : « Ah ! tu as voulu te marier et reconnaître mes dettes, tu n'as pas voulu vivre simplement avec moi, sans passer à la mairie. Tu aurais pu être heureux ainsi, maintenant c'est trop tard, tu n'as plus qu'à déguerpir d'ici. Tu as fait la faute, tu la supporteras. » Il y avait deux mois que M. Metivic était marié.

Quelle lune de miel !

Cependant, fort de son double droit de chef de maison et de chef de famille, M. Metivic résista et demeura chez lui. Le lendemain, la sœur de madame arrive, et à diverses reprises emporte des paquets de linge. M. Metivic voulut s'y opposer. Madame s'interposa en disant : « Ces effets sont à elle, tu n'as rien à dire ; elle est chez elle. » M. Metivic se gendarme et résiste. La sœur fait descendre son fils qui leur prête main forte et l'agonise d'injures et de menaces. Un soir même la scène se renouvela si vive que les coups commencèrent à pleuvoir. M. Metivic se vit obligé de faire appeler les gardiens de la paix.

Néanmoins, quelques jours se passent dans une tranquillité relative ; la victime avait un peu de repos. Ce calme ne devait pas durer, le feu couvait sous la cendre ; l'orage un moment suspendu, s'amoncelait de nouveau. Il ne tarda pas à éclater plus violent que jamais. Un jour, le beau-frère apparaît accompagné d'un lit qu'il installe dans le magasin même, en disant à M. Metivic : « Vous savez que je suis chez moi. Nous allons voir à présent si vous ne partirez pas. »

Celui-ci voyant qu'il n'avait absolument affaire qu'à des escrocs demande au moins à garder une chambre où il

s'installera avec une chaise, un lit et un poêle. « Vos ha-
billements, c'est tout ce que vous avez vous appartenant »,
lui fut-il répondu. Cette réponse exaspère M. Metivic qui,
tout à coup, se lève et interpelle vivement son aimable
famille : « Tas de voleurs ! vous voulez absolument que je
parte ; eh bien ! je ne partirai pas ; malgré vous, je res-
terai chez moi. »

A peine avait-il parlé, que sa femme s'avance vers lui
un rasoir à la main ; en voulant parer le coup, M. Metivic
se fait une forte entaille à la main. La vue du sang qui
coule attire l'attention des gardiens de la paix, qui con-
duisent la victime au poste de police. Contravention est
dressée contre tous les auteurs du tapage. Le beau-frère
satisfait sans doute de l'aventure reprend son lit et gagne
son domicile. On aurait pu croire que tout était fini, ce
n'était que le premier acte de la comédie. En effet, tous
les soirs les fils du beau-frère l'injurient et même le frap-
pent, à tel point qu'un jour il se voit obligé de s'adresser
au commissaire de police, qui était loin de lui accorder la
protection qu'il réclamait, grâce à la présence au poste
d'un ami du beau-frère dont le rôle n'a pas été des plus
loyaux et que nous retrouverons plus tard.

Un soir entre autres, les deux neveux se présentent
accompagnés de deux camarades, et, à eux quatre, se
mettent à injurier et à menacer M. Metivic, qui, peu ras-
suré de leurs intentions, prit le parti d'aller coucher chez
un camarade. Le lendemain, il rentre chez lui : la journée
se passe assez bien, en apparence du moins ; ce n'était
qu'une suspension d'hostilités de la part des parents, afin
de mieux préparer la bataille. Elle ne tarda pas à s'enga-
ger, la ruse devait faire ce que la force n'avait pu obtenir.
Voici comment :

Le soir de cette journée, madame prend fantaisie d'aller
faire une promenade et manifeste le désir d'être accom-
pagnée par son mari. M. Metivic accepte ; on sort, et la

rentrée s'effectue au bout d'une heure environ ! O surprise ! à son retour, les voisins préviennent M. Metivic que ses neveux sont venus, ont forcé les portes, dans le but de faire l'inventaire de ce que contenaient les chambres. Au nom de qui, s'il vous plaît ? et de quel droit ces deux intrus s'introduisaient-ils ainsi chez leur oncle ? Pourtant, rien n'ayant été enlevé, M. Metivic ne fit pas cas de cette démarche, qui aurait pourtant mérité les honneurs de la police correctionnelle. Avant tout, il désirait la paix et la tranquillité chez lui, et pour les obtenir, il était d'avance soumis à toutes les humiliations. Elles lui étaient acquises par ce fait. Il faudrait ne pas connaître ses aimables parents pour supposer le contraire.

Après une première alerte, provoquée un dimanche par le neveu, alerte se traduisant par des coups sur la personne de M. Metivic, et qui eut pour résultat de lui faire dresser une nouvelle contravention, les charmants neveux ayant eu la précaution de prendre la fuite à l'arrivée des gardiens de la paix.

Après cette alerte, ce furent les trois sœurs qui entrèrent en scène, escortées des inévitables neveux. Comme toujours, les bourreaux semblèrent laisser un peu de répit, trop court, hélas ! et qui n'était qu'une feinte de leur part. M. Metivic était d'ailleurs bien décidé à demeurer chez lui, par conséquent à résister jusqu'au bout, espérant peut-être, à force de patience, désarmer ses adversaires.

Peu de jours après les scènes que nous venons de raconter, l'un des neveux, tenant dans sa main un canif fermé, lance à M. Metivic, sans autre préambule, un coup de poing en plein visage. Aux cris du blessé, les voisins accourent lui porter secours et amènent les gardiens de la paix. Cette fois, les neveux sont arrêtés et conduits à la Permanence. Dans l'interrogatoire que leur fait subir le commissaire de police de service, ils nient tout. Pourtant, l'un d'eux, fouillé par un gardien de la paix, est trouvé porteur d'un canif, que M. Metivic reconnaît lui appartenir.

— Comment se fait-il que vous soyez possesseur de ce canif, lui demande le commissaire?

— C'est ma tante qui me l'a donné, répond le détenteur.

Réponse facile qui parut suffisante au commissaire, puisqu'il dit à M. Metivic :

— Vous pouvez vous retirer.

Les détenus n'en furent pas moins retenus à la disposition de la justice, et le lendemain M. Metivic devait comparaître comme témoin et plaignant, c'est ici le cas de dire qu'excès de bonté touche à la sottise, prenant pitié de la jeunesse de ces deux garnements, qui avaient été poussés à ces actes par leur mère et leur tante, l'oncle refusa de donner suite à l'affaire. Ainsi se termina cet incident, pour se reproduire quelques jours après sous une autre forme.

Le beau-frère venait seul, et chacune de ses visites était l'occasion de nouvelles querelles, car M. Metivic s'obstinait à ne pas vouloir partir. Le beau-frère et le propriétaire de la maison se rendent un jour au commissaire de police où ils font appeler M. Metivic, puis le propriétaire, s'adressant au commissaire :

— Monsieur, lui dit-il, je viens vous prier de défendre à cet homme de remettre les pieds dans ma maison.

« C'est à monsieur que j'ai loué et non à lui, qui fait tout le bruit. »

Le tour était joué. Le commissaire, qui connaissait assez bien ce ménage, avait parfaitement compris où ces deux associés voulaient en venir; aussi, ne put-il s'empêcher de dire au beau-frère :

« Si j'étais à la place de M. Metivic, je vous sortirais bien de chez moi. »

Vu les apparences, il dit à M. Metivic :

« Arrangez-vous, et si vous recommencez ce tapage,

ça n'ira plus ; tant pis pour vous si vous ne savez pas mener vos affaires. »

Sur ce, ils prennent la porte tous les trois et reviennent à la maison, non sans se lancer plus d'un gros mot, sur une observation de M. Metivic, qui voulait que justice lui fût rendue.

Le beau-frère répondit :

« La justice, c'est de l'argent, et si vous n'en avez pas, je vous emm.....»

Enfin, voyant qu'il n'y avait pas à lutter contre une pareille mauvaise foi et lassé de toutes ces pénibles émotions, M. Metivic se décide à louer une chambre, la meuble et laisse les autres tranquilles.

M. Metivic vaquait à ses occupations dans la journée ; un soir, en rentrant chez lui, il trouve sa porte enfoncée et ses meubles enlevés : ils avaient passé chez le beau-frère. Se voyant dans l'impossibilité de payer ses dettes (on ne lui laissait pas même la faculté de pouvoir travailler), M. Metivic avait averti le fournisseur des meubles qu'il ne pourrait pas le payer. Le vendeur fait mettre une saisie sur les meubles, quoiqu'ils ne fussent plus chez l'acheteur, mais chez son beau-frère. On établit M. Metivic gardien de la saisie et on lui remet les clefs du local où étaient entreposés les objets saisis. Tout semblait aller pour le mieux.

C'est ici, au contraire, que les circonstances s'aggravent. Car madame, qui à toute force veut se débarrasser judiciairement de son mari, essaye d'enlever une partie des objets saisis, espérant arriver ainsi à faire condamner à la prison le gardien de la saisie. Heureusement, ce projet jésuitique échoua ; grâce à une locataire à qui madame avait remis les clefs de l'appartement en lui faisant part de ses intentions, laquelle prévint M. Metivic des intentions de ses parents et lui remit les clefs dont elle était dépositaire. Ce premier échec ne découragea pas ces entre-

preneurs de coups de main. C'est ce qu'ils surent parfaitement démontrer.

Deux ou trois jours après, M. Metivic, qui ne pouvait
être constamment à la maison, trouva en rentrant chez lui
sa femme et son beau-frère en train de déménager les
meubles dont ils n'étaient que les dépositaires. Il court au
poste prévenir la police. C'est là que nous allons retrouver
le brigadier, ami du beau-frère, dont il a été question
plus haut, mettant lui-même la main à cette besogne de
filous. Quand M. Metivic lui eut expliqué le motif de sa
visite, il lui répondit paisiblement :

« Ça ne nous regarde pas. »

Quoi qu'il en soit, M. Metivic revient chez lui. Une
dispute s'engage entre le beau-frère, la femme, d'une part,
et le mari, de l'autre. Il était tard. M. Metivic leur dit :

« Vous avez du toupet de m'enlever mon lit. »

Et il se couche. Madame et son beau-frère se retirent,
mais c'était pour revenir. Ils ne tardèrent pas, en effet,
à apparaître de nouveau, escortés de deux gardiens de la
paix. Le groupe s'avance vers le lit où était couché
M. Metivic, l'arrache de son lit et le porte à la rue

> ... Dans le simple appareil
> D'une vertu qu'on vient d'arracher au sommeil.

On le conduit dans cette tenue au poste de police, on le
met au violon, toujours avec le même costume, et comme
suprême consolation, un gardien lui adresse ces conso-
lantes paroles :

« Le gardien est là, gare à vous si vous bougez. »

Pourtant, on daigne lui apporter un pantalon et un tricot,
il s'habille et, en cherchant à tâton, il trouve un banc,
comme chenet, ses pieds nus avaient le carrellage. C'était
au moment du froid. Tout en méditant sur sa nouvelle
situation, le captif parvint à saisir la conversation que
tenaient les gardiens de la paix, conversation roulant uni-
quement sur la capture qu'ils venaient de faire.

Comment expliquer et justifier cette arrestation, voilà quel était le sujet de leur inquiétude. Nous ne pouvons cependant pas dire que nous l'avons pris dans son lit, disait l'un, le billet d'arrestation est établi, bien motivé, on va voir de quelle façon.

Mais d'abord, constatons un fait dont le caractère anormal indique clairement que si un gardien de la paix a prêté la main à cette vilaine besogne, ses camarades commençaient à pressentir le revers de la médaille et refusaient de se trouver mêlés à cette affaire embrouillée, transformée par un homme de mauvaise foi.

Habituellement, c'est un brigadier qui interroge les délinquants que l'on mène au poste. Comme l'ami du beau-frère, le brigadier qui joue si bien son rôle dans cette pièce tragico-comique est franchement canaille ; comme ce brigadier, dis-je, ne se trouvait pas là, celui qui le remplace et qui s'est aperçu que depuis le commencement de la tragédie on n'a fait que donner des entorses à la légalité, celui-là, peu désireux de charger sa conscience en prenant une part active à cette fausse arrestation, s'est désisté complètement de cette affaire.

Le lendemain, un gardien va dire à madame d'apporter à son mari les vêtements dont il a besoin pour se couvrir ; elle apporte chaussure et chapeau et après avoir déposé le tout, elle a encore la gracieuseté de dire aux agents :

« Vous le tenez, eh bien ! gardez-le et faites-lui en attraper pour dix ans. » Aimable femme, va ; cœur compatissant, sa recommandation provoque de la part d'un agent cette réponse un peu verte, mais méritée : « Si j'avais une femme comme celle-là, je la tuerais. »

Après s'être recouvert des effets apportés, on lui fait faire la corvée, puis on le conduit chez le commissaire de police. Il n'y avait que le secrétaire qui, déjà au courant de la situation sans doute, trouve qu'il ne serait pas raisonnable de ne voir là qu'un coupable, et dit à M. Metivic : « Je vais arranger ça, pour que votre beau-frère en goûte aussi. » La feuille de route signée, on se dirige vers la Permanence pour comparaître le soir en police correctionnelle. C'est le gardien, qui la veille tenait M. Metivic par le bras droit, qui est appelé à déposer. Et quelle déposition !... faut-il que l'imagination de cet homme soit féconde !

A la demande qui lui est faite, il répond :

« Monsieur le président, nous avons été requis pour arrêter cet homme qui se promenait en chemise au milieu de la rue et la levait par devant en présence des enfants. Il s'était formé autour de lui un rassemblement de trois cents personnes. Puis nous le connaissons : voilà deux mois qu'il fait du bruit tous les jours dans le quartier ; nous avons dû employer la force pour l'emmener. »

Il n'a pas osé ajouter le pauvre homme :

« Il vient nous déranger quand nous sommes couchés et lorsque nous aurions si peu envie de sortir. »

Voilà une déposition catégorique, faite sous serment. Mais Monsieur le gardien, ou vous n'y avez vu que du bleu, et alors vous auriez dû vous taire ; ou vous n'êtes qu'un franc coquin, digne de figurer dans le nombre de ceux qui veulent à tout prix, même à celui d'un crime, se débarrasser de moi. Les apparences étaient telles, d'après ce fallacieux témoignage, que l'accusé est condamné à quatre jours de prison, 5 francs d'amende et aux dépens. Et ce n'était pas fini.

On aurait pu croire qu'à mesure qu'ils épuisaient leurs ressources, le génie du mal suggérait à ses envoyés de nouveaux moyens de persécution, de nouvelles idées criminelles. Tout d'abord, à sa sortie de prison, M. Metivic, rentrant chez lui, eut le plaisir de rencontrer à sa porte son beau-frère, venu pour démonter les meubles. Cet honnête parent s'était trompé dans son calcul et n'avait compté que pour le lendemain la levée d'écrou, ce qui lui donna une occasion de plus de se faire prendre en flagrant délit. Les meubles étaient intacts, il est vrai, mais certains objets avaient été soustraits, et leur absence devait motiver une plainte pour vol, ce qui eut lieu en effet; car quelques jours s'étaient à peine écoulés, que le commissaire de police fit mander M. Metivic pour avoir de lui quelques explications.

Elles furent satisfaisantes et les plaintes devinrent nulles. Heureusement, car il eût été par trop dur de se voir poursuivre pour vol accompli à quelques centaines de mètres où l'on est incarcéré, sous l'œil vigilant des geôliers. A la suite de cette plainte, nouvelle scène. M. Metivic était à se reposer chez lui, lorsque le beau-frère, son fils et madame firent irruption dans son domicile. Ces deux derniers tombent à bras raccourcis sur l'objet de leur haine et l'assomment de coups, pendant que le premier faisait le guet. Aux cris de la victime, les voisins accourrent, les malfaiteurs déguerpissent; cette fois, ils devaient rester cinq semaines sans donner de leurs nouvelles.

Se croyant débarrassé complètement, M. Metivic cherche à s'arranger avec le marchand de meubles et à mettre un peu d'ordre dans sa situation. Tout paraissait marcher à souhait, mais l'ennemi veillait et semblait disposé à user de tous les moyens possibles pour se défaire de son adversaire.

Le 16 juin 1882, M. Metivic avait vendu cinq fauteuils, il en avait porté un lui-même chez l'acheteur. Au retour, il fut accosté par un homme, se disant dans l'embarras, et qui lui offrit de lui vendre une paire de bottines. M. Metivic, pour s'en débarrasser, offre une consommation au quidam et l'on entre dans le premier débit qu'on rencontre. Que s'est-il passé depuis ce moment, quelle a été la conduite de l'inconnu, les faits qui seront connus plus tard pourront seuls l'expliquer; en attendant, nous ne pouvons que constater que ce jour-là, à minuit, M. Metivic était étendu sur le quai du Rhône, sans connaissance. Le lendemain, son identité est reconnue. C'est bien notre malheureuse victime qui est là, soûl, muet et aveugle. On l'emporte chez lui, à la grande stupéfaction des voisins, qui savaient parfaitement que le malade ne s'adonnait pas à la boisson. Entre temps, madame arrive et fait disposer une paillasse sur laquelle est placé le malade. Le 20 juin, aucun changement notable n'étant survenu, les voisins s'en émurent et commencèrent à murmurer en disant à madame qu'elle devrait aller chercher un médecin. Elle leur ferma la bouche en leur disant : « Cela ne vous regarde pas, nous savons ce que nous avons à faire. »

Les voisins ne s'en tiennent pourtant pas là, ils vont au bureau de police et, sur leur déposition, on se rend sur les lieux, où le cas est jugé assez grave pour qu'on ordonne le transfert du malade à l'hôpital. Mais madame ne se rend pas pour cela, elle semble craindre que le séjour à l'hôpital soit favorable à ce malheureux ; on arrive au 22 juin sans qu'aucun soin ait été donné au malade. Les voisins devant cette malveillance manifeste, retournent au bureau de police, se font délivrer un certificat pour l'hôpital et le font transporter dans une voiture qu'ils payent eux-mêmes.

Il était important pour les ennemis de M. Metivic de ne pas perdre les positions acquises et de faire de la victime un vrai coupable, aussi n'y manquèrent-ils pas.

Aussitôt la voiture partie, un des bons amis de madame se met en route pour l'hôpital avec l'air de s'intéresser au sort du malade. A leur arrivée, il déclare aux personnes de service que c'est la boisson qui met le malade dans cet état. Il est utile de dire qu'à ce moment M. Metivic était un peu revenu de sa léthargie, il voyait, entendait et reconnaissait parfaitement son monde, ce qui lui permit de se rendre compte de la bienveillante recommandation de cet ami d'un nouveau genre.

Le 25 juin, le médecin de service se présente au pied du lit et s'informe de l'état du malade. M. Metivic espère être complètement remis dans deux ou trois jours. Le docteur lui dit : « Vous pourrez sortir demain », et signe le bulletin de sortie.

Dans l'après-midi, la sœur apporte les vêtements du malade et l'engage à se lever ; celui-ci essaye. Ce n'est pas sans peine qu'il arrive à se tenir debout : ses jambes vacillent, tout son corps tremble. La religieuse l'aide de son mieux ; elle constate aussi que, malgré toute sa bonne volonté, M. Metivic ne peut faire un pas ; elle lui conseille de se recoucher. A la visite du jour suivant, le médecin, tout surpris de revoir encore son malade, dit à la sœur : « Je le croyais parti, ce malade. » Celle-ci répondit que son départ n'était pas possible, puisqu'il ne pouvait pas marcher. « Il marchera, reprit le médecin », et il fait apporter les effets du malade. M. Metivic s'habille, non sans peine, essaye de marcher, ce qui lui est à peu près impossible ; un malade l'accompagne jusqu'en bas. Un frère, sur sa demande, l'aide à arriver jusqu'à la grille, où il peut s'asseoir en attendant l'arrivée d'une voiture. Vers les 2 heures, en effet, une voiture passe ; sur un signe de M. Metivic, le cocher arrête ses chevaux, aide le malade à monter et l'on se rend à son domicile. Le retour du chef de maison fut assez bien accueilli, en apparence du moins. On le fit coucher immédiatement.

Les trois ou quatre jours suivants se passèrent relativement bien. M. Metivic avait au moins la paix, car madame, après lui avoir apporté une soupe qui devait suffire pour toute la journée, s'en allait le reste du temps en compagnie de quelques chevaliers auxquels elle payait à boire et ne revenait qu'à la nuit close. Heureusement, quelques voisins compatissants, et surtout bienfaisants, lui apportaient de quoi souper. Ce traitement n'était pas fait pour lui rendre ses forces. Il ne marchait toujours pas, du moins sans s'aider de deux bâtons, et avait presque perdu la vue.

Sur ces entrefaites, on arrive à la fin du mois. Le propriétaire, d'accord avec madame, débarrasse le magasin où était M. Metivic; le voilà à la rue. Des voisins le recueillent et le couchent deux ou trois nuits. Cette fois, c'est un fabricant de paquets de bois qui prend en pitié notre malade et lui offre de le coucher. Il y demeure un mois; madame lui apportait quelques morceaux de pain provenant des secours de la mairie. Quant au charbon, émanant de la même source, il servait à chauffer les souteneurs et les dégoûtantes hétaïres dont ils faisaient leur compagnie habituelle.

Pourquoi faut-il que la justice ait été abusée. Combien de crimes elle aurait pu découvrir et mettre au jour, si elle avait été dans la bonne voie !...

Ce séjour d'un mois dans une cave avait été loin d'être favorable au rétablissement de la santé de ce malheureux, la société tout entière semblait liguée contre lui ; aussi on fut obligé de le reconduire à l'hôpital, où il resta de nouveau trois mois.

A sa sortie, le docteur le fit accompagner chez lui par un gardien, qui enjoignit à sa femme d'avoir soin de son mari. Comment se fait-il qu'on ne s'est pas aperçu alors, et surtout un peu plus tard de tout ce qu'il y avait de louche dans la conduite des personnages aux soins de qui était confié M. Metivic; car madame laissait complètement voir, sinon par ses paroles, au moins par ses actes, qu'elle voulait à tout prix se débarrasser de son mari ; tous les mauvais traitements lui étaient prodigués. Dans l'état de faiblesse physique et morale où il se trouvait, elle l'obligeait à lui laver ses chemises. M. Metivic, quoique la besogne lui répugnât, s'exécutait pourtant, espérant toujours, à force de condescendance, rétablir la paix chez lui.

Madame avait en outre une commère qui, lorsqu'elle ne suffisait pas à la tâche, bousculait elle-même le malade de la façon la plus brutale. En apparence, on n'osait pas le laisser sans manger, on lui apportait du dehors des mets tout préparés, qui provoquaient infailliblement, chaque fois, des vomissements, toujours très pénibles, accompagnés parfois de coliques d'une violence extrême. Pourquoi ce luxe de précautions dans les mets destinés au malade, alors qu'on faisait à la maison même une cuisine dont il se serait volontiers contenté. Quand les malaises, prévus sans doute par celle qui apportait à manger du dehors survenait, elle avait le soin, s'il y avait quelque visiteur, de se montrer très empressée et de rassurer le malade sur les conséquences de ses indispositions. Elle préférait encore qu'il n'y eût personne.

Les résultats de ce régime empoisonneur furent inévitables, M. Metivic dut être conduit de nouveau à l'hôpital, où il demeura encore deux mois. Ce fut à sa nouvelle sortie qu'il se décida à vivre complètement séparé de sa femme ; il n'eut pas à le regretter. Quoique son nouveau travail fût assez pénible, il vit sa santé s'améliorer tous les jours et se rétablir complètement.

Au bout de dix-huit mois, se voyant complètement guéri, il voulut reprendre le commerce qu'il exerçait avant sa maladie, mais ne pouvant faire seul, il chercha à se rapprocher de sa femme, espérant que cette longue séparation l'aurait peut-être amenée à de meilleurs sentiments. Il l'aborda franchement et lui dit :

« Veux-tu être convenable et te conduire honnêtement, je me sens du goût et de l'ardeur au travail, nous pouvons encore être heureux, pour peu que tu y mettes de la bonne volonté. Tu commences à n'être plus jeune, par dessus tout, nous sommes mariés. Eh bien ! tu n'as qu'à te conduire comme il faut, comme font les personnes liées par un contrat honnête. Réfléchis bien, il y a encore de beaux jours pour nous, si l'avenir te trouve ce que tu dois être, et à cette condition, j'oublie et je te pardonne tout. »

La perspective paraît assez avantageuse. Madame promit tout, quitte à ne pas tenir. Elle en avait la ferme résolution, car sa promesse n'alla pas au delà de quelques jours.

Pendant sa séparation, madame avait pris une associée pour un commerce particulier. Nous laissons au lecteur le soin de deviner quel genre de commerce. Le mari ne vit pas d'un bon œil le genre d'affaires que l'on traitait, il était marié et voulait vivre de son travail. Il refusa de se faire souteneur.

Il fit donc comprendre à madame avec tous les égards exigés par cette récente réconciliation qu'il fallait opter entre lui et cette belle de nuit, sinon il se retirait, préférant la solitude au déshonneur. C'en fut assez, le lendemain de sa supplication, transformée cette fois en injonction, les vomissements recommencèrent et se continuèrent de jour en jour. A n'en pas douter, les tentatives d'empoisonnement recommençaient, les souffrances un jour furent si vives, que les voisins firent appeler le médecin. C'était vers minuit. Ce jour-là M. Metivic était resté couché. Le soir, madame apprête une soupe à son mari. Quelques moments après l'avoir mangée, il se sentit plus mal. A l'arrivée du médecin, madame craignant sans doute de voir la visite se prolonger trop longtemps et dans le but certainement d'attirer l'attention de l'homme de l'art, lui dit que son mari était fou, et le pria de faire son possible pour le faire admettre dans une maison d'aliénés.

Quand les douleurs devenaient moins vives, la surexcitation était si grande que M. Metivic avait, en effet, presque les allures d'un fou furieux. Au moment de la visite, il était survenu un peu de calme, le médecin avait constaté une grande faiblesse, mais sans danger, disait-il. Quelques médicaments finirent par tranquilliser tout à fait le malade. La nuit s'acheva sans autre incident.

A quelques jours de là, avant d'aller vendre ses journaux, M. Metivic prit une tasse de café que lui présenta sa femme. A peine était-il arrivé vers sa petite boutique, qu'il reprit de fortes coliques pendant deux heures. Vers les 9 heures, madame vint prendre des nouvelles de son mari, elle le trouva étendu sans connaissance. Elle se contenta d'aller raconter à son associée ce qui se passait, en la priant de le faire transporter à l'hôpital. Ensuite, madame vint raconter à l'interne de service que son mari était un grand buveur de vin et de liqueur ; s'il se trouvait dans cet état, il ne le devait qu'à la boisson. Or, M. Metivic n'a jamais été buveur, tous ceux qui l'ont connu et le connaissent encore peuvent l'affirmer.

Cette tasse de café lui valut encore deux mois d'hôpital. Il est bon de noter que pendant ce séjour, comme pour les précédents qu'il avait faits à l'Hôtel-Dieu, il ne reçut aucune visite de ceux qui le mettaient dans cet état. Enfin à la sortie, il voulut rentrer chez lui et purger sa maison de ces honteux habitants. Madame fit valoir qu'elle était chez elle et que non seulement on ne la mettrait pas à la porte, mais même qu'on ne le recevrait pas. Un voisin, qui voyait et qui savait tout ce qui se passait, eut pitié de lui, le fit coucher chez un logeur et le recueillit chez lui le lendemain. Ce jour-là, sa femme daigne lui porter à manger, sans qu'il ressente des coliques après le repas. Le soir, il fit une nouvelle tentative pour rentrer chez lui. On fit encore la sourde oreille. Du reste, madame avait pris la précaution d'introduire dans le magasin quelques souteneurs à mine peu rassurante. Ceux-ci essayèrent de parlementer et allèrent même jusqu'à offrir à boire à M. Metivic, qui, soupçonnant un piège, feignit de ne pas comprendre, afin de gagner du temps. A la première ronde des gardiens de la paix, il leur explique sa situation. Le brigadier, après avoir constaté la vérité des faits, fit ouvrir le magasin, chassa les souteneurs et réintégra

M. Metivic chez lui. Cette présence de la police chez elle donna sans doute l'éveil à madame. Le lendemain, elle loua une chambre séparée à son mari, auquel elle portait à manger dans une petite buvette. Mais avec madame, les coliques devaient inévitablement revenir, accompagnées de vomissements, et, ce qui le prouve, c'est que madame ne voulut jamais consentir à partager le repas de son mari.

Ce manège dura un mois, après quoi M. Metivic se décida complètement à vivre séparé de sa femme.

Ce n'est pourtant pas faute de l'avoir suppliée de revenir à de meilleurs sentiments, sans même lui faire entendre qu'il se rendait parfaitement compte de la cause de ses malaises, reparaissant chaque fois qu'il se confiait à sa femme pour la préparation de ses aliments. Ce fut perdu, les excès de tous genres avaient complètement détruit chez cette femme tout sens moral. Elle ne redoutait qu'une chose, c'était de ne pouvoir se vouer à son aise à ce que les passions humaines ont de plus honteux.

Les quelques jours de réflexion que M. Metivic avait laissés à madame continuèrent à se passer en orgies de tous genres, orgies faisant mourir de honte le spectateur obligé de tant d'infamies.

Aussi prit-il une dernière décision : ce fut de quitter ce bouge infect où grouillait pêle-mêle et sans inquiétude tout ce que la Guillotière pouvait contenir de créatures déshonorées.

Il se rendit chez une personne qui avait pu voir de près tout ce qu'il avait souffert et qui ne fit aucune difficulté de partager son toit avec lui.

Il semble que madame aurait dû être satisfaite ; elle avait atteint son but, le mari, dont l'honnêteté aurait dû la faire rougir, n'était plus là, elle n'avait plus à redouter sa présence, elle pouvait désormais vivre selon ses goûts.

Cela ne lui suffit pas, elle avait des idées criminelles, il fallait qu'elle le fût; aussi chercha-t-elle toutes les occasions de le devenir. Guidée on ne sait par quel sentiment, elle voulut achever son œuvre, atteindre sa vengeance, il lui fallait absolument une victime : son mari. Ce dernier, toujours malade, sortait peu, ce n'est qu'avec beaucoup de peine qu'elle aurait pu l'atteindre; aussi s'en prit-elle à celle qui avait soin de lui.

Depuis quelque temps elle l'épiait, lorsque le 14 juillet 1885, elle trouva le moyen de lui jeter à la face le contenu d'un bol rempli d'un liquide corrosif dont l'action amena la chute complète des cheveux, la perte d'un œil, sans préjudice des horribles souffrances qui en furent les conséquences. Conduite à l'hôpital, cette nouvelle victime de madame faillit y laisser la raison, tant avait été terrible pour elle l'impression de ce nouvel attentat aussi lâche que peu mérité.

Le parquet, bien entendu, fit arrêter la coupable, une enquête se fit sur le ménage Metivic; mais grâce à des témoins complaisants et à des rapports calomnieux, madame n'eut que quinze jours de prison.

La calomnie était allée si loin qu'on en était arrivé à dire que M. Metivic entretenait des relations coupables avec sa propre mère.

Voilà comment se termina une liaison qui aurait pu être heureuse.

Maintenant, vous tous ouvriers, honnêtes surtout, ne vous mariez jamais sans savoir à qui vous vous adressez. Votre honnêteté doit vous donner de la patience. D'ailleurs, l'exemple qui vient de vous être soumis vous montre clairement qu'en croyant trop facilement à l'honnêteté, vous favorisez souvent le vice et quelquefois le crime.

DANTIN.

IMPRIMERIE NOUVELLE LYONNAISE, RUE FERRANDIÈRE, 52. — 2173